不確定的
風景

——陳秀珍詩集

「含笑詩叢」總序／含笑含義

叢書策劃／李魁賢

含笑最美，起自內心的喜悅，形之於外，具有動人的感染力。蒙娜麗莎之美，之吸引人，在於含笑默默，蘊藉深情。

含笑最容易聯想到含笑花，幼時常伴淡水鄉下，庭院有一欉含笑花，每天清晨花開，藏在葉間，不顯露，徐風吹來，幽香四播。祖母在打掃庭院時，會摘一兩朵，插在髮鬢，整日香伴。

及長，偶讀禪宗著名公案，迦葉尊者拈花含笑，隱示彼此間心領神會，思意相通，啟人深思體會，何需言詮。

詩，不外如此這般！詩之美，在於矜持、含蓄，而不喜形於色。歡喜藏在內心，以靈氣散發，輻射透入讀者心裡，達成感性傳遞。

詩，也像含笑花，常隱藏在葉下，清晨播送香氣，引人探尋，芬芳何處。然而花含笑自在，不在乎誰在探尋，目的何在，真心假意，各隨自然，自適自如，無故意，無顧忌。

詩，亦深涵禪意，端在頓悟，不需說三道四，言在意中，意在象中，象在若隱若現的含笑之中。

含笑詩叢為台灣女詩人作品集匯，各具特色，而共通點在於其人其詩，含笑不喧，深情有意，款款動人。

　　【含笑詩叢】策劃與命名的含義區區在此，能獲詩人呼
應，特此含笑致意、致謝！同時感謝秀威識貨相挺，讓含笑花
詩香四溢！

2015.08.18

目　次

【導讀】愛，訴說著妳……／楊淇竹

如何開始，愛，早在詩的芬芳，散發玫瑰氣味了。

　　屬於私密空間，閱讀，手翻詩集《不確定的風景》，已然隔絕外界騷擾，此地充滿愛，詩人所建構花園，盛開玫瑰，刻骨銘心。

　　愛情能否美好順遂？戀愛過程，重重考驗難關，正如玫瑰生長，並非水、空氣、陽光就可滿足，黯然無法開花，隱含哀傷，說不出，〈玫瑰2〉：

　　　　玫瑰
　　　　瑰麗背影
　　　　粉紅不了自己的春天

　　玫瑰系列共四首，首首談愛，談得深刻，將愛的缺陷，以物像烘托；玫瑰，原本象徵浪漫，卻同時承受愛的風吹雨打，歷經考驗，玫瑰萌生石頭心，抵抗風暴後，一顆堅強。

　　　　曾經情傷
　　　　結痂成為滿身刺
　　　　玫瑰心已凝固成化石

只有不怕刺傷的
真情血滴
才能軟化玫瑰
石化的心

〈玫瑰4〉，將玫瑰特有莖刺，喻為情傷後證明；然而雖有挫折，玫瑰仍期待，愛情到來，盼「真情血滴」軟化頑強的包覆。你可能疑惑，無法理解為何玫瑰擁有化石之心，詩人花園開出一朵抽象玫瑰，她暗喻女人，華美根根帶刺的外表，曾經也柔軟綻放，女人經歷愛情，過程中，喜悅融合悲傷；當愛情走了，衝擊往往讓女人為之卻步，但內心仍充滿渴求，才附加「真情」作為條件。戀愛中，非理性的飛蛾撲火，時常脫序上演，另一首〈燈火〉，也閃動絕美耀眼。燈與蛾純粹自然趨性結合，詩人眼裡，卻有奇妙對等關係，兩者相愛仍舊不爭事實，不過最終，燈的「醒悟」，點破所有愛之謎，現實殘酷，僅只經歷過愛，能夠體會。

飛蛾撲燈火時
燈以為
蛾愛自己
勝過愛上帝

　　直到燈枯

　　燈才醒悟

　　蛾愛火

　　不愛燈

　　像美麗錯誤，雜陳箇中滋味，〈燈火〉焦點聚於燈，以燈
觀看迷戀自己的蛾，幻想自身崇高性，比擬渦卜帝，但它完全
不知是因有了光，有了火，才形成蛾與燈之關係。用愛詮釋兩
者，多一份哀傷；事實上，詩人欲想提示：人都是上帝的戲
偶，所有成因，均不該是自我。

　　〈螢火蟲與蛾〉承襲同一主題，燈此時，以螢火蟲替代，
不過他們兩者關係，又與燈不同，此詩屬相思，在愛未到來
前，螢火蟲用盡氣力，嘗試博取蛾的寵愛，花園芬芳香氣，終
於點燃了情思浪漫：

　　一隻螢火蟲

　　足以使一隻蛾

　　撲火嗎

　　該集結多少隻螢火蟲

　　才能點燃

　　一隻蛾的愛

　　提問作為詩開端，螢火蟲與蛾瞬間有了連結，看似薄弱關係，詩人用「愛」，將兩者緊密維繫，依靠動物本性，蛾的趨光和螢火蟲的發光，螢火蟲因而扮演重要角色，吸引蛾青睞。第二段仍以問句作結，愛附加物性本質，於詩人催化，點出愛情珍貴，以及不確定。

　　愛人，或相思，彼此相隔無法跨越藩籬，依舊醒目。〈高跟鞋〉即圍繞於此，愛情被視為抽象意念的指標，由於現實空間層層隔離，讓相愛變得困難，近如咫尺卻沒法相遇，愛落得遺憾收場，追尋陷入永恆或不確定之時間流，意識迷惘，魂牽夢縈。末兩段，全詩精髓，引如下：

　　　幫助我
　　　在擁擠人群中追尋
　　　夢寐中小生那張臉
　　　幫助小生
　　　在茫茫人海中搜尋我

　　　但高跟鞋畢竟不是我肢體
　　　當我毅然卸下這雙義肢
　　　親愛的小生
　　　你能不能只憑氣味
　　　穿越重重人牆

尋獲
苦旦了多少朝代的我

依靠高跟鞋，灰姑娘也化身美麗，但在詩人愛之花園，
灰姑娘總無法順遂遇見王子，即便華麗出眾，仍跨越不了人
群，最終丟下高跟鞋，把問題留給王子。詩停留於小生與苦旦
尋覓，東方式戲曲愛情，交織在時間無法跨越的長河與空間無
法逾越的無奈，此悲劇愛情，經典了戲招牌，讀者也在尋，尋
那朵花，歷經千千萬萬年啊！

求愛似漫長追尋，〈桃花〉亦同，悲傷仍不斷蔓延，在
花園，異常醒目。使每位讀者，關注，如何的愛，容易重讀
百回？

妳說
沒人喜歡真實桃花
大家都愛上
沒有眼淚的塑膠花

可是
我一直都在
我老早就在
妳身邊

你忙於哭泣的眼睛
就是
看不見我

　　愛情，漫長永恆，等待花開，等待綻放，等待枯萎。單戀
花開，誠然美麗，詩藉由「桃花」對稱「塑膠花」，將差異拉
開，一朵賦予生命、會老死的桃花不及塑膠花真切，塑膠花
擁有亮麗、青春無限，雖沒情感生命，卻恆久不老，受人喜
愛。愛情你爭我奪競爭，像戲劇劇情複雜，最終，桃花只能獨
自啜泣，等待愛人，發現。花園裡，桃花，並非符號原本意
義，詩人改變了桃花印象，將之比擬弱者，顛覆負面聯想，追
尋愛，成為桃花面臨考驗之關卡。

　　〈桃花〉第三段，峰迴路轉，留下完美疑問：桃花是誰？
女性的「妳」、男性的「我」或是保持中性的「你」，人稱對
位，讓詩又接續重頭，重複閱讀，循環循環，也陷入迷惘，
「就是／看不見」你或我，延宕，竟成為閱讀漫長等待，嘗試
解讀，同時圍於哭泣與未哭泣雙方的等待，眼神存在詩，也存
在現實，相互追尋，牽動一顆顆等待之心。

時間篩選我
成為你的終極戀人

愛你

是我今生的不治之症

——〈枯葉蝶〉

　　寫詩，痛苦轉化，常聽秀珍如此訴說。

　　這片栽種花海，充滿詩人對愛情，耕耘，努力不懈。花園擁有追尋記憶之根，從愛情普世難題，轉變新穎象徵譬喻，柔美文字，足以撼動堅石，而具有化石的玫瑰，仍將流淚開花，感動都發現自閱讀詩集《不確定的風景》。秀珍的堅持，縱使花逝葉枯，她的愛，持續觸動寫作，「不治之症」意外紅了整片花園；追尋，亦為秀珍，詩人使命。

白鷺鷥

病態瘦身
媲美莫迪里亞尼的女人

也經常
縮頭凝固
在美學思索中

輕移腳步時
優雅的芭蕾舞者
彷彿深怕踩碎
魚群白日夢

雲影為舞台
太陽在打燈光

抽高脖子拉長細腿
渴望跳天鵝湖的

天鵝
慎重跨出第一步
感動人心的漣漪
從腳尖盪開……

2015.01.02

信史

信物遭退回
一段羅曼史遭否認

完整歷史
猶如完璧軀體

一段歷史遭否決
猶如完美身軀被截肢

捍衛眼耳鼻舌身意
是你維護身心尊嚴一貫態度

你說你主張歷史的完整
其實你主張歷史的完美

你拒絕接受
被退回信物慘痛史

2015.01.02

禁入與進入

有寵物旅館
寵物餐館的時代
卻還有小孩禁入的餐館

是懼怕小孩惡魔哭鬧
毀了大人大魚大肉的好心情嗎？

大人可任意進出
心的密室
偷笑或者暗泣

誠實如天氣的小孩
當他傷心時
可不可以給予一間
有自由的空氣
有光流動的
情緒調整室

有愛做為養分
感性的淚花
將會結出理性果實

2015.01.10

陰影

你熱戀薔薇
不愛她的陰影
陰影卻是誕生於發光體

你熱戀她的曲線
不愛她的斑點皺紋
曲線終將變形
你的愛為她拋出一片
揮不開的陰影

你熱戀微光雨絲
不愛陰雲
陰雲和雨絲
卻是兩位一體

一個人
在暗夜

點起兩盞眼睛的光明燈
同時收割光與影

兩個人
或許其中一人把另一人
籠罩在無邊陰影裡

2015.01.16

歷史 1

恆齒取代乳牙
曾經蛀壞乳牙的蛀蟲
正在搖動恆齒

新潮推翻前潮
新潮重蹈前潮興亡

啊
歷史並未踢正步前進

歷史的長短腳
困在歷史的鐘面
遶圈圈

2015.01.24

歷史 2

相同的聲腔
相同的臉譜
相同的身段
相同的起承轉合

在不同的時空唱大戲

2015.01.25

薛西佛斯的石頭

峰頂
擁抱一片神話星空
卻不是我要的風光

我的愛在山腳
只要給我一個容身的角落
和一棵相依的雛菊
我就享有
穩固如磐石的幸福

不甘願做一顆
身不由己的石頭
由一個身不由己的人推著

像一顆富有想法的頭顱
我總在每一次被推上峰頂時
卯盡全力翻滾
下山

卻始終未能
翻轉
每天被反覆推上峰頂的命運

但我仍然堅持
每天反抗的慣性
要讓眾神知道
我是擁有軌道的星球
不止有石雕的表情

2015.01.25

致候鳥1

我的眼睛
追尋做夢的天空
你的眼睛
忙著搜索繁殖的地十

我的存在　為了飛翔
你的存在　為了著陸

我們是不同的鳥族
彩繪不同的天地
遺傳不同的基因

在無悔的追求中
我倆各自
朝著不同的方向

2015.01.28

致候鳥 2

你從春雷中
聽見稻禾體內小小水系
吟唱

我從
青鳥的影像
夢見自己長出銀色翅膀
在星座間不眠地飛翔

我緊抱我的神
你緊抱你的佛
無懼
穿越死亡地帶

因為堅定的信仰
神讓我倆
朝向
不同的天堂

2015.02.07

致候鳥 3

你用力遺忘的
卻是我努力追憶的
例如
一個難以凝固的微笑

在忘與記的拔河間
各自陰晴

下弦月和上弦月
拼不成
一個無傷痕的月圓

因為同樣執著
我們在我們的故事裏
斷章取義

一部歷史分裂
成為

你的小說
我的傳奇

2015.02.07

兒童樂園

打烊後的遊樂園
是一個打開的
巨人國的玩具箱

下班的遊樂園
想念兒童嗎

休眠的兒童
夢見遊樂園嗎

成年的你
思慕童年的你嗎

沒有笑聲打滾的遊樂園
沒有鳥聲歌唱的森林
沒有游魚嬉戲的魚池
黑白了一半的童年

一陣風
喘著氣
從童年追過來

「一二三　木頭人」
童年的遊戲
是不是已經把你
變成木頭

2015.01.30

石頭

石頭
打到頭
碎成兩行
淚珠

2015.02.01

玫瑰1

無數貪戀的指頭
按響快門
青春的節拍器
發出答答答的槍聲

非自願模特兒
毫無翻臉
轉身自由

有時被托高
有時被壓低
有時被強制轉臉
有時被迫臉帶人工珠淚

珠淚倒流
流成 一串心結石
　　　　新的念珠

2015.02.01

玫瑰2

凌亂指印
模糊了身體的主權
成了別人的春天

玫瑰
瑰麗背影
粉紅不了自己的春天

2015.02.01

玫瑰3

野地玫瑰
若減少一分豔麗
我或許還能彩繪妳

取銷顏色
還是難以素描
妳的清麗

撤退
到遺忘妳的距離
香氣依舊穿越幽徑
教我的夢深呼吸

靠近妳
想要眉目傳情
眼睛無法直視妳

2015.02.01

玫瑰4

不只三圍
圍起拒馬的尖刺

拒絕全天下情癡
拒絕濫情撫觸
拒絕情火復燃

曾經情傷
結痂成為滿身刺
玫瑰心已凝固成化石

只有不怕刺傷的
真情血滴
才能軟化玫瑰
石化的心

2015.02.01

一半

我的一半是光
　　一半是影

我喜歡光
我也喜歡影
我不能一直激情燃燒
我該一邊發燒
　　一邊冷卻

你的一半是語言
　　一半是非語言
你的語言常常只通過我耳膜
你的非語言時常抵達我內心
我喜歡你的語言和你的非語言
沒有你的語言
我無從分辨非語言的語言

你的 一半是理性
　　一半是非理性
你的理性讓你長高
你的非理性使我變強壯
我喜歡你的理性和你的非理性

我的一半是你
　　一半是我
我的一半是水
　　一半是火
我的一半是雨林
　　一半是沙漠
我的一半是玫瑰
　　一半是荊棘
我的一半是枯葉
　　一半是種子
我的一半是人蔘
　　一半是罌粟

我的一半是時間
　　一半是空間
我的一半是植物
　　一半是動物

我的一半老莊
　　一半孔子
我的一半烏龜
　　一半兔子
我的一半歷史
　　一半科幻
我的一半自由
　　一半坐牢
我的一半雨
　　一半晴
我的一半鳥
　　一半魚
我的一半睡

　　一半醒
我的一半凹
　　一半凸

在光影糾纏中
我經常分不清光明或陰暗
我喜歡我的分不清
這樣才有機會
思考成
一枝蘆葦

2015.02.01

飛蚊症

連醫生都束手的飛蚊症
只要張開眼睛
就看到蚊子像天子
在巡狩

飛蚊飛呀飛飛越我人生
一片又一片壯麗風景
飛向我未知謎樣的世界

實體蚊子
只要揮揮手便能驅除
飛蚊症的蚊陣
我只能眼睜睜看牠們
在眼睛的星球裡
無盡旅行

閉眼逃避
分明還看到點點黯影浮動

比真實蚊子更真實的存在
像沒有居留權的人霸占心房

用睡眠來驅魔吧
祈求飛蚊千萬別殺進夢裡

2015.02.02

燈火

飛蛾撲燈火時
燈以為
蛾愛自己
勝過愛上帝

直到燈枯
燈才醒悟
蛾愛火
　不愛燈

2015.02.02

螢火蟲與蛾

一隻螢火蟲
足以使一隻蛾
撲火嗎

該集結多少隻螢火蟲
才能點燃
一隻蛾的愛

2015.02.03

兩個世界

不敢抱持養兒防老觀念

婦人養了一個電視機

不管煮飯、洗衣、打瞌睡

一律醒著電視機

讓無數主播

無數劇中人

陪伴自己哭笑

躲在網路聊天的兒子

和無數沒碰過面的人熱情連線

用手指

不用心

聊外星人的生活和八卦

無暇感受

人間寂寞

2015.02.03

鏡面山

在鏡面上
讓樹高舉偉人
不朽名字

從此
鏡面山
改名中正山

因為山的對面
炮口正對中正二字
威權的手
強勢推開炮口

熬過冗長慶典
手臂舉到快斷掉的樹
把偉大的中正
慢慢卸下來

原本就
草有草的路徑
花有花的版圖
樹有樹的意向

中正
躺在歷史鏡面
面目模糊

2015.02.04

天堂鳥

只有風
催促的手
天堂鳥才偶有
飛翔的錯覺

天堂鳥只是靜靜
靜靜坐在花梗
像入定老僧
和我對坐
在這時間凝固的午後

天堂
鳥
難道只有在天堂
才是鳥

天堂鳥
難道不能將這安棲地

變成天堂

飛翔

2015.02.08

父親

樸實木訥的臉
時時籠罩憂愁的雲

十五歲學習借錢
葬父

為了養寡母
飼養更多牛更多豬更多雞鴨鵝
為養活九口子女
下田又做工

扁擔一頭挑起生活重量
　　一頭挑起對家人的愛
像長出雙腳的十字架

被水泥腐蝕的腳
赤足走在碎石滿布
九彎十八拐人生路

被生活的刀截去拇指頭的手
在小學生用剩作業本
莊嚴畫上「一工　半工」
那是您「一日　半日」的勞工日記

在田地建地淌血汗
離家在伐木場工寮思鄉
是一片留白的
日記

每當我離家北上
您總是獨自佇立老屋後
凝望著我逐漸消逝
在路盡頭

父親
您已悄悄佇立成一尊
我心中的雕像

在您離世時
我痛恨
再無機會撥開您臉上
層層憂愁的雲

在您離開十多年後
我終於能夠提筆寫您

我總懷念您
那雙在加護病房緊緊握住我
不願放開我
長繭的手

當時伸出為您取暖的手
暖流
從您的手回傳
十多年後的我

2015.02.10

團圓

在陰影裡
依靠一部聖經光照的老母
曾經是家族的眼
　　　家族的耳
　　　家族的徽章
如今疏鬆了一身傲骨
　　　沉默如化石

習慣隱居網路的年輕人
被年獸追趕到
真實桌面
和老老少少一起圍坐一幅
人間團圓圖

舉杯向
又吞掉我們一年的獸
祝壽

挾著年年有的魚
族人內心同時禱求
五餅二魚

下一個鏡頭
圓心的老母
繼續守護熱鬧過後
春風滿盈的空巢

2015.02.23

蝙蝠

一襲黑僧衣
晝伏夜出
你已習慣
黑白片的生活

我則過慣
五色爭寵的人生

當我的彩色世界
不分青紅皂白時
我開始羨慕
你黑白分明的劇情

2015.03.02

風和草

每當風來
和草比武或比舞
風都笑彎了腰

因為
無論風如何搏命演出
觀眾眼中
始終只有草
沒有風

2015.03.02

風

從嫩綠深綠直等到枯黃
不見一陣風
肯為一枝草停泊

從輕輕敲到重重推
沒有一扇門
甘願為一陣風開啟

草越心慌
風就逃更快
風越激動
門就學蛤蠣更緊閉

門不解風情
如同風不懂草癡

舞台上
無可選擇地

有時候
你是我人生中的風
有時候
我是你人生中的風

2015.03.04

不確定的風景

一朵雲
拖著一整片天空
行走過多少時間

兩顆眼珠
領著一具軀體
行走過多少曠野

這一切
都即將被一張
醉酒的紅臉
熄燈

瞬間成為
不確定的風景

2015.03.06

紅色粉撲花1

大方新住民
粉撲花在嫩綠初春
把自己妝扮成噴火女郎
向新故鄉自我介紹

從此
中美洲在我心中
一片一片拼圖起來
墨西哥在我夢中
一瓣一瓣立體起來

站穩
大安森林公園一角
粉撲花
瓜分了多少春光和目光

粉撲花
一直用紅紅笑容挽留我

我卻是
不得不吻別紅粉的蜜蜂

2015.03.10

紅色粉撲花2

一朵花就是一朵火焰
輻射
一樹拉丁美洲
土著的熱情

撲火前
蝴蝶
用僅餘一絲理性
發問

普羅米修斯聖火
將傳遞到哪一季

2015.03.10

紅色粉撲花3

舉起
粘滿紅粉粉撲

粉
飾
春天
後母臉

2015.03.10

紅色粉撲花4

紅著
一顆比初生太陽
還紅的臉

你們是一群
太陽的孩子
分占一棵樹的枝梢
搖晃春天
的臉

下雨了
你們還緊緊攀住春天的腰肢
貪玩

逼視你們紅透了的臉
我分外思慕
轉瞬不見的太陽

你們卻說
死了一顆大太陽
還有我們九顆小太陽
為你
拚命燃燒

2015.03.17

兩岸1

一條小河
產生了兩岸

兩岸對峙
兩棵樹

兩棵樹
用力擴展胸肌佔領風光

在看不見的幽暗地層
默默吸吮養分
壯大各自的根系勢力

一場鬥爭大賽中
小河乾涸了
兩岸不見了

兩樹根系
在地下迫近交纏
不是雙方你死我活攻防
而是你泥中有我
　　我泥中有你
　　根與根纏綿交歡

兩樹手臂伸展到對方領空
看似即將互毆
結局卻是握手
握出了
一個傾斜的春天

當一隻被催眠的笨鳥
還在深深相信
相信兩樹誓不兩立時
這一切都已悄悄發生
在你不知不覺時

2015.03.14

兩岸 **2**

一條河
造成
不能單獨存在的
左右兩岸

不論畫家如何一廂情願
把河流向地平線延伸
兩岸依舊是
兩條不交集的平行線
兩瓣吻不到的唇

沒有終點的愛
存在
沒有句點的等待

2015.03.14

燕子

隨身攜帶
一把大剪刀

為春天開工
四處剪綵

2015.03.17

餌 1

向沉默的湖
祭出
以小搏大的餌

苦等一尾
美人魚
用力
踢破鏡面

經歷一場與耐性的拔河
終於
被踢痛的鏡片
開出一朵
愛情花

2015.03.21

餌 2

只為喚回
一隻變心野貓
不食魚的你
熱烈追求
一隻未知的魚

為浪漫而開花的魚
恨不得長出貓腳
圍繞你腳踝喵喵鳴叫

只想成為你的盤中菜
為愛獻祭的魚
在你無敵壯陽食譜裡
終究淪落成為
一隻徒具創意
性感的餌

2015.03.21

雪花

季節性頭皮屑
時間的過敏症

雪
封鎖我的花徑
掩埋你落葉斑斑腳印

山青水綠花紅
一律冬眠
獨醒
一片雪白理性

上眼瞼和下眼瞼
關閉
一扇現實的窗

你
閉關
在另一扇房門

終將睜開

雪地眼睛

一朵黑眼珠的黃花

2015.03.21

路

從小
只管緊緊握住你有力的手
便無所謂迷不迷路

我的路
就是你為我劃定的路線圖

走著你給的路
你說這樣就是安全幸福
好滿足

從小樹走到大樹
猛然發現
你要我走的路
擋住
我的去路

你給的路和我要的路
哪一條多玫瑰而少暴雨
誰也不清楚

我只是好想
好想用我自己的路
試試我自己的腳

2015.03.21

枯葉蝶

當你是一枝花的時候
滿天彩蝶時時圍繞你
我被當成一片枯葉

當你變成一片枯葉
沒有一隻彩蝶追逐你
我枯葉的肉體
和蝴蝶的靈魂
依然深深愛你

時間篩選我
成為你的終極戀人

愛你
是我今生的不治之症

2015.03.22

蛛網

鼓著圓腹
吐絲的魔法師
生鮮食物的搖籃

2015.03.22

白髮

當頭頂初現雪跡
你用手
實踐你的暴力美學
完成你的黑色喜劇

當白髮開始
集體叛逆
你僵住的手
不知從何下手

不管你愛
或不愛
冬天終究
形成氣候

白雪覆蓋下
容許你

發芽
春天的思想

一頭雪花
是榮耀年歲的冠冕

2015.03.22

夜來香

夜
遮蔽視覺
卻遮避不了
你的反白
像天神為黑天鵝
滾上蕾絲邊

夜的嗅覺
靈敏
凌駕一隻獵犬

妳在白日祕釀的體香
終於
在五官激辯中
爆開

2015.03.31

鞋的組曲

1 鞋

徒具魚形
不能主動敲出愛的腳印
不能唱出美人魚愛的悲歌
不能獨自游向茫茫人海

除非
接肢
妳的腳

2 外出鞋

陪伴伊闖盪江湖
伊的體味
是鞋唯一香水

卻總在玄關止步
像衛兵罰站刑場
不得同伊進入私房密室

外出鞋因此
外表體面內心空虛
只能滿懷羨妒室內鞋

3 室內拖鞋

用柔軟身段
迎合伊
舒服的期待

每次送伊出門
送到玄關
就得停

在玄關默默
等待伊安然歸來

生為伊
死也為伊
左等右盼
永遠等不到
被帶出門公開亮相
只能滿懷嫉妒伊的外出鞋

玄關
像海陸交接潮間帶
拖鞋
擱淺
在自卑的海洋

2015.04.01

筆名

或許是
本名常在市場撞名
或者
本名常引發不痛快心情

總之
你東拼西湊
給了自己一個
自認為舉世無雙筆名

從此
本名隱姓埋名
本名禪位給筆名
筆名蛻變成唯一身分認同

評論由筆名去寫
詩歌由筆名去唱
小說由筆名去編

獎項由筆名去領受
緋聞由筆名去擔綱

曾經精挑細選的筆名
被棄置如
一張一張
不合臉面具

其實
誰管你名叫小提琴或大提琴
重要的是
當眾弦齊鳴時
你是否能發出令人驚喜的
弦外音

2015.04.04

小說家

自詡一生不偷不搶

但多少親朋好友改名換姓
藏在你的小說裡
搬演自己情海浮沈細節

你偷竊別人
人生黑暗面
編造成為你
輝煌的小說經典

你還盜取
讀者的笑的淚的心
累積你人生唯一長篇養分

為了救贖
你祭出

一生的自傳體小說

雖然隱晦了不少精彩劇情

2015.04.04

木麻黃

木麻黃
麻木站在一起
站成一片
盲目防風林

不畏風
不畏年輪
更不畏海岸線
逼退

滿頭插針木麻黃
示範給小麻雀的
究竟是麻木不仁
還是

堅忍不拔的
風景

2015.04.04

黃昏

天空
被過動的時間
撞出

一片瘀青

2015.04.07

螢火蟲

在黑鑽石的內心
打造
黃金光點

2015.04.08

電梯小姐

穿一樣制服
用一樣笑容
說一樣話語
比一樣手勢

歡迎光臨
芬芳的
電梯小姐如是說

你說我是一枝守門花
在我眼中
搭電梯的你是芳草

每一枝草都認為
含笑花是為自己而
開

花
情願為草
微笑
折腰

我不是塑膠花
也不是交際花
一朵凡間塵土栽出的花
有平凡人的平凡夢想

站在電梯門口
我希望能夠站出
一枝花的一片春光

2015.04.11

攝影

攝影
是我學習
觀察一朵雲的姿勢

一隻眼睛向外
一隻眼睛往內
凝視

因為感動
才舉起相機
瞄準

動感的風景
不用相機的眼
凝固
瞬間就會流變
成為不確定的風景

既是悼亡夕陽
也在禮讚星星
寫真
留下一張一張事物
存在證明

讓影像說話的
攝影師
也是用影像
寫歷史的人

2015.04.11

老農

一生辛勤播種
種子
一部分落在祖田
長成優良農作物
一部分流落城市
漸漸長成陌生的異鄉人

秋風中
金黃穀粒
為曬黑的老農拍手
鼓勵

歡慶豐收
稻田為農夫
一路跳起波浪舞

春天
站在田中央

老農手中精挑的種粒
不知要傳給誰

2015.04.12

農夫

並非
怎麼栽
就怎麼收穫

只問耕耘的農夫
守住田園
像守住終生戀人

日烤風擊雨刑
農夫都挺得住
老天爺的嚴酷考驗

但
公權力為財團
伸出怪手

一夜之間
結穗的稻禾　　垂直躺下
農夫的血壓　　直線飆高

怪手推倒

祖田最後一根稻草

最後一根稻草

壓死農夫

2015.04.12

青年農夫

從鄉野到都市
尋夢的青年
發現

令他窒息的都市文明
找不到他的綠色願景
都市混亂的節奏
奏不出他心中和諧的歌
滾滾煙塵
混濁了輕柔的春風
幾經猶豫
終於

關掉大都會
蒼白的燈泡
捻亮
鄉野紅紅的旭日

鳥聲取代鬧鐘
山陵描出自然的天際線
守護還沒被外來種高樓入侵的祖田
像田埂上的綠草護守田土
打造農村青年的樂園

面對桃花深情唱歌
心田已經結出一粒一粒
圓潤果實

2015.04.12

金銀紙製造師

開設地下銀行
發行金銀紙鈔
以人間貨幣兌換

神界冥界
延伸了人間
紙醉金迷無限想像

金銀紙鈔
說是為了滿足神鬼慾望
不如說是安慰人心

堅持手工製造
紙鈔多了一層血汗潤澤

但劣幣不斷驅逐良幣
夕陽正在抵抗黃昏

2015.04.15

手工棉被製造師

為你量身打造
手工製造棉被
愛的重量
遠勝羽絨和蠶絲被

一床扎實棉被
穿上花紅葉綠布衣
形成上好台灣棉被

纏綿半世紀誓約
比善變情人可靠
在刺骨嚴冬
給你密不透風的愛

讓妳美夢成真的棉被
把你美夢孵到春暖
花
開

2015.04.17

算命師

別說
我看不見
自己前途

命中
注定我是目盲的
算命師

枴杖
引導我
我引導你
走進你生命地圖

我口述
你粗略人生劇本
信不信
或幸不幸
都存乎一心

明明想從絕境找活路
偏偏有人從有命算到沒命

但願我是
把你從
迷惑的地獄
垂釣出來的那條
蜘蛛絲

2015.04.18

愛的變奏曲1

我是
骨質疏鬆
即將成為廢墟的一堵牆

未經我允許
妳就任性蔓延
青春藤蔓

妳迅速掩蓋
我的皺紋
我的情傷
我的回憶

終於
你成為
我的刺青
我的身體

我的呼吸
我的全部記憶

2015.04.19

愛的變奏曲2

在妳不願為我轉身的冬季
每夜
每夜我用棉被
把自己綑成一顆
繭

在無邊黑海裡
吐不出一絲
情愛的詩

妳的背
使我失眠的夜

2015.04.23

愛的變奏曲 3

花
一插入
花瓶
就活過來

花
咀嚼自己倩影
而死

花瓶
緊緊擁抱花之生
花之死

花瓶
一生活在花開
花落陰影中

2015.04.24

愛的變奏曲4

為了馴服你
成為你夢想中的女人
我逐一拔除身上所有的刺

你卻說
我不再是
你一生鍾愛的玫瑰

這一次
我怒張我的花瓣
成為抵制你的
盾

2015.04.25

愛的變奏曲5

左翼
嚮往神祕外太空
右翼
渴望寧謐內在世界

在慾望天平上
失衡的愛情鳥
鼓動不起一陣春風

2015.04.25

愛的變奏曲6

身材被雕塑
成為曲線誘人酒瓶
酒液已漲到咽喉
心卻比天
　　還空

打開我　傾倒我
到你渴盼開花的胴體

直到你醉
我才感到真實滿足
即使身體全部被你掏空

2015.04.25

高跟鞋

小時候
擠在戲棚下
人叢中我不斷踮腳尖
為瞻望戲台上
身騎白馬那小生的臉

長到不能再高
終究
還是不免要仰望
高高在上的檳榔樹

幸好
還有高跟鞋
至少墊高十公分
自信心

幫助我
在擁擠人群中追尋

夢寐中小生那張臉
幫助小生
在茫茫人海中搜尋我

但高跟鞋畢竟不是我肢體
當我毅然卸下這雙義肢
親愛的小生
你能不能只憑氣味
穿越重重人牆
尋獲
苦旦了多少朝代的我

2015.05.19

讀秒

烈日下你揮汗趕路
在紅燈前
在綠燈前
讀秒
你是以什麼顏色的心情

蒼白月色下
你倉皇趕路
究竟
你是要趕赴產房
或者加護病房

在這秒殺世界
買票要快賽跑要快
考試作弊（不，是「答」）要快
慢
活
要快

在這競速時代
你把鐘錶調快五分鐘
卻還不時懷疑上緊發條鐘錶
是否鬆弛了神經

總是疑心秒針長出翅膀
引發你心跳亢進共鳴
以為心中公雞提前十分鐘報時
可以提早十分鐘
看到日出

2015.06.28

相片

每次過年回家
總看到母親戴著老花眼鏡
在翻看家族老相簿
每一張相片
是家族大合唱的一個音符

或許
相片多少填補了母親
子孫大都不在身邊的寂寞

蒙娜麗莎留下微笑
青春留下遺照

景物不再的故鄉舊影
每每使我胸口漲滿
說不清滋味的浪潮
離鄉久遠的我
已怯於翻閱相簿

曾經

我也是個背著相機

想用影像為自己寫日記的少女

因此不能理解他

不拍照

也不珍藏相片

儘管

我已不愛面對鏡頭

但我仍十分願意

為你舉起相機

你正是多年前的我

或許

有一天你會蛻變

成為唯心主義的他

2015.07.06

女人

費力踩動腳踏車
像要踩斷
纏繞生命的葛藤

烈日下你自嘆不如
端坐黑轎車裡
活像一尊華貴的貴賓狗

忽然她轉頭看妳
眼神哀愁
莫非她其實羨慕妳
自由
生猛如一匹野狼

女人四十
妳許願被看成
一枝霧中花

2015.07.10

有耳無嘴

從小一再被長輩捏耳朵灌輸：
「小孩有耳無嘴」
從小我就習慣豎起一對小小耳朵
被塑造成一只乖順的沉默器皿
從母親口中流洩的
永遠是一段一段陳年酸苦回憶
我耳熟到都能倒背

一到叛逆期
開始拒絕腐蝕青春的酸苦汁
我耳朵迅速枯萎
嘴巴開始綻放五顏六色語言的花朵

男女不平等時代
面對命運之神不斷砸來石塊
女人通常不也只能有口無言嗎？
年邁母親想必也曾經有耳無嘴

做了多少年啞口器皿
苦吞了多少被歲月發酵的話語

如今她在女兒面前顯得有嘴無耳
凡眼睛流不盡的都交給嘴巴
從母親口中流洩的
依舊是又酸又苦的舊事
卻也是一段一段獨家家族史
我凋謝已久的耳朵決定
為她重新開放

2015.07.15

水漥

下雨
創造了若干淺水漥

每一個水漥
竊取一角天空

每一角天空
堅稱自己代表整片天空

每一雙翅膀都知道
你不是真實天空
　　　真實雲彩

太陽會以時間
蒸發
你的謊言
你的幻夢

天空是永恆的
見證者

2015.07.19

海 1

海
收藏天空眼淚
因而流著深藍血液

海
和一座含笑青山遙遙相望
因而染患綠色相思

在我心中
也藏著一個海洋

隔著一片海域
我和一座永遠不能進入的孤島
遙遙相望

每當我望著天空發問
我的眼睛就忍不住

向心中的海洋
掉下鹹鹹眼淚

心中海洋氾濫時
我就轉向茫茫人海
垂下我的珍珠淚

淚眼灌溉的海洋
會把眼淚
還給天空

2015.07.22

海 2

小河
時時刻刻
輸血給大海

我
夜夜枕著大海心跳聲
做夢

夢見自己變身小雨滴
急著跳進小河
丈量
愛的旅途有多遠

2015.07.31

海3

海用綠色眼眸
迎送一波一波候鳥

海用波浪的腳步
陪我漫步過連接天涯的海岸線

我用腳印
編織一條青春延長線

海用黃昏的微笑
也挽留不住我
必須往前的腳步

離開海
我困在城市十字街口
開始懷念以前所憎惡
始終藍不透的天空
永遠濕重的海邊空氣

這麼多年不見
海
你老了嗎

每當我沉睡
海藻就來佔據我的頭顱
貝殼長成我的耳朵
漁火點燃我雙目
月光是我的晚禮服
我是擱淺海洋的美人魚

2015.08.04

告別

如果
明天我來不及向你告別
你會滿懷遺憾
還是鬆了一口氣

如果
你為我感到遺憾
那就讓我留給你
人生最終一次遺憾

如果
你感覺鬆了一口氣
我將了無遺憾
因為你會
每日照常迎接金黃晨曦

花　開了
花　落了
花香　留下了

再會吧
親愛的我的朋友
請在我留下來的位置
為我栽種一株玫瑰

2015.07.23

桃花

妳說
沒人喜歡真實桃花
大家都愛上
沒有眼淚的塑膠花

可是
我一直都在
我老早就在
妳身邊

你忙於哭泣的眼睛
就是
看不見我

2015.07.31

心跳聲

時鐘掛在
客廳心臟地帶
發出
老屋心跳聲

我不在
你的心臟地帶
卻渴望
發出你的心跳聲

你佔領
我的心臟地帶
卻發出
他人心跳聲

人子釘在
歷史心臟地帶

發出
復活心跳聲

2015.08.08

井底蛙

用一生
鑽研一口井
算不算是
一個專家

為了一口井
放棄外面的天空
算不算是
一個大情聖

用一口井
實驗自己的一生
算不算是
一個行動藝術家

2015.08.10

轉大人

成為人母
每天忙得像蜜蜂嗡嗡嗡
儘管忙到成為半個失智症
卻絕不錯過孩子成年禮

就在孩子轉大人前夕
人母會及時供上一碗
散發濃濃中藥味
溫溫熱熱黑稠的轉骨湯
彷彿期望孩子
醜小鴨一夕變天鵝

許多孩子果然成功轉成大人
自動折斷幻想翅膀
換上國王新衣
戴同一張面具
頭腦日漸石化
眼睛長在頭頂

鄙視兒童的天真
浪漫轉向保守
我看到
一群群假面影子漂浮
在公認安全幸福大道

少數轉骨不成的人
成為資深夢想家
　　　反骨革命家
　　　硬頸憤怒詩人
　　　白目政治犯
或者被稱為
　　　社會邊緣人
我在孤僻的小路
偶爾遇到這類人

至於其他的人
內心經常上演

大人和小孩摔角
對於這種面目模糊的人
我只能等在旁邊看好戲

2015.08.11

蟑螂

你不是我的寵物
我意外成為你不自願的飼主
你免費住宿我花錢租的房屋
你偷吃我精心選購的糧食
夜晚你藏在塑膠袋裡窸窸窣窣
偷走我一片大好夢土
香蕉被你打洞　我只好吃你所剩
我不在乎在食物鏈上和你平起平坐
只盼你千萬別現身我眼前

一開始你躲藏暗處和黑箱
賊頭賊腦窺探我
後來你在燈下在白天偶然亮相
你甚至還拍翅飛翔　我誤以為是別種生物

你一再偵測我的底線
我衰弱的神經竟然深深恐懼你
褐色的軀體　張揚的觸鬚　囂張的氣焰
啊　你這一匹邪惡蟑螂

不敢一腳踩爛你
我用于隔著　一疊衛生紙戰戰兢兢捕你
你卻每次都從我手中瞬間逃逸
我像被你一再耍弄的悲劇小丑
你的霸氣和一身傲人功夫
教我澈底崩潰　自尊心完全被你擊碎

為凸顯你的存在
你在我的牙刷留下你的口臭
你在我的毛巾留下你的體味
你隨處留下你污黑的排泄
你無所不在的繁殖

你化暗為明
宣示凡我所在都是你的領土
我甚至在枯葉的影像裡看見你
在窒息的空氣裡呼吸你
在睡夢中被你緊緊追緝

最終我才恍然大悟
其實我早已被你澈底殖民

2015.08.12

銅像的微笑

銅像眼不能觀
　　耳不能聽
　　口不能言

雖然有麻雀為他點睛
雖然風不斷在他耳邊說法
雖然他還有滿肚子的話要說

曾經蕭殺的眼神
曾經偏聽的耳朵
曾經下屠殺令的嘴巴
如今什麼都不用做
銅像只需
露出神一般慈祥微笑

銅像只是
站著

站著
站著等你對他脫帽行禮

銅像
不老不病不死
占據一棵樹
呼吸自由的位子

2015.08.12

造句法

困於22K的上班族說：
一個便當吃不飽

國家領導人指導說：
一個便當吃不飽
不會吃兩個嗎

新聞報導說：
物價飛漲
麵攤老闆賣一碗虧半碗

孩子學習領導人口吻下指導棋說：
賣一碗賺不到
不會賣兩碗嗎

2015.08.17

知音

你要求我
唱出夜鶯的婉轉
無異於我要求你
唱出一個人的八部合音

我是一隻公蟬
只專情對母蟬獻唱

你不是蟬你不知道
母蟬為我歌喉迷醉
絕不被夜鶯歌聲打動心房

2015.08.17

弦音

你不斷為我調整鬆緊度
希望從我胴體
拉出大提琴顫音
色彩與線條

我不是性感大提琴
我是小了幾號
感性小提琴
我擁有自己獨特氣質與嗓音

因此
請丟掉你可笑的偏見
給予自己一條富有彈性
敏銳的聽覺神經

我要你
透過身體聽進靈魂聲音
不止聽見身體挑起的浪花

2015.08.18

失憶

大清早就縮在客廳牆角
無聲無息凝視窗外
我問她：是在看風景嗎
她說：在數算巷口來來往往車輛

唯恐認不出兒女
怕家人嫌棄，更怕活成家人負擔
母親發明這個獨家腦力訓練法
並且實行多年
我萬萬沒料到被苦難壓駝的背
晚年不但無法卸下重擔
反要承受日益加重的恐慌

我想像
九十多歲老母
透過夢的窗口
用她十九歲的眼眸
凝望窗外春光無限的影像

偏偏暮年白天無端漫長
或者睡眠只提供惡夢溫床？

我曾經在父親記憶的海洋沉沒
母親的頭腦其實比誰都清醒
反倒我有過多記憶的死角
但會不會有一天母親也用抹除記憶方式
讓我再經歷一次死亡

恐慌無濟於事
趁記憶清明的此刻
母親，讓我陪伴妳
回溯這一條記憶的漫漫長路

2015.08.29

鳳凰花開
——台南福爾摩莎國際詩歌節

帶著滿腔
鳳凰花的熱血
我來到
鳳凰花開的城市

一開始
面對你閃電的眼睛
我用羞澀的微笑說
歡迎你

逐漸地
我學會用擁抱
說萬國的語言

來自地球各角落的我們
聚集台南讀詩

我們在台灣文學館讀詩
給多情的台南市民
給發燒的太陽聽

我們在成功大學讀詩
給台灣青年
給長出長鬍鬚的老榕樹聽

我們在家齊女中讀詩
讀島嶼台灣
給未來的調酒師
給未來的舞蹈家
給會說西班牙語
和不會說西班牙語的師生聽

我們在七股的波光中讀詩
給湖

給夕陽
給晚霞聽

我們也在
八部合音的故鄉讀詩
給近身的細雨
給遠方的原住民祖靈聽

我們還有
好多
好多感動
在你的心中
在我的心中
來不及讀出
給薄紫色的秋風聽

當鳳凰再度開花時
我深愛的你

不論你是台灣人
或是其他國籍的詩人
請記得實現承諾

要像候鳥飛返這個海貝般的島嶼
陪我靜靜靜靜聆聽
大海的心跳聲
讓你我再燃燒一次
鳳凰開花的深情

到時候
我將會以我的吻
對你說出

　　我
　　愛
　　你

2015.09.07

讀詩

用盛開的耳朵
讀詩

我迷醉
在你微透酒香的神祕顫音
我用你的詩
你的每一句每一個字
紋我的心

我迷失
在你語言曲折的迷宮
我翻閱多少重峻嶺
終於
在山嵐飄紗花香瀰漫深林中
捕獲白鹿

但你終將遠離的腳步
已經敲亂
敲痛我的心

2015.09.07

詩歌一節一節
——台南福爾摩莎國際詩歌節歸後

從詩路歸來
搬回來的行李
多了好大一箱
沉甸甸回憶

你說我
重了許多
我說
是啊
我從不同國家詩歌
吸收了不同養分

行李箱吐了一地
私密生活拼圖
一片一片圖版
搶著向我細述
故事的紛繁

我選擇
讓香水瓶獨唱序曲

另一個行李箱
傾倒出來的回憶
像未曾清洗的七彩調色盤
我手忙腳亂
為他們一一分類歸位

一顆心
卻不知
該擺放哪裡

2015.09.09

簽名

好像拿著百花圖鑑
比對實物
我拿著我們詩歌節合輯
逐頁搜尋你

也許照片和本人
隔著時間的遙遠距離
也許本人和詩篇
已經連結不起

你可以重新命名你自己
你也可以隨時翻新你的詩意

我害羞地懇請你簽名
好讓我認識你
也透過你的眼睛
重新認識我自己

簽名
有可能是花瓣墜地
有可能是肖像畫掛在牆頭
有可能是影像鐫刻在心版

正襟危坐幫人簽名
恍惚自己會變成墜地花瓣
其實
花瓣墜落不也更新了大地的風景嗎

請你簽名時
我抱持莊嚴心情
我至少會讓你住在牆頭
和亞維儂少女做鄰居

如果額外餽贈詩句
那就是詩人對詩人共鳴
我至少會把你鐫刻在心裡

詩句的重量
壓在心上
是一種求之不得的負擔

2015.09.12

我與狗與時間

一隻狗
戴著項圈像戴著珍珠項鍊
慵懶躺在家門口
做秋天午後日光浴
曬曬東邊陽光
曬曬西邊陽光
翻轉身體的空間同時翻轉時間

我戴著手錶像帶著手銬
時間霸主
拉著我向前
和他賽跑

恍惚間我往後急逃
看見童年就在不遠處向我招手
我正要跑過去
時間霸主又拉緊我

朝著來的方向
和所有的人賽跑

鳥都不鳥時間的狗
又翻轉了一次空間
踢了一腳時間
踢落了一顆夕陽

狗
不屑地
看著狼狽的我
一生被時間這老人綁架

2015.09.18

門

我的門
是為了讓你打開

魔術師的紅巾下藏著甚麼祕密
神廟裡住著甚麼神

門後隱藏
一片讓你驚呼的風景

衣服
是薄薄的一層門
包裝紙也是
等待你的手
來拆　　你不拆
我就聽不到小鹿撞門美妙聲響

唇
是人人都有的門

在開與不開間
露出似笑
非笑

究竟蒙娜麗莎
有沒有對達文西露齒微笑
至今仍舊是個謎

有的唇
只為聖杯而開
上了鎖的心
連神都打不開

花
開或不開
門
打開或不打開

手
常在開或不開之間遲疑

門
開
鳥是飛進來
還是飛出去

門
不開
或許更添神祕色彩

2015.09.18

雲

我非彩石
卻更適合補天

我是打開詩路的絲綢
是鑲在你窗框的白玫瑰
是你心中女神遺失的白手絹

孿生的雲
從來不互相模仿
每一朵雲
都持續在變化中

如果你說我是一朵玫瑰
我是沒有根的植物

如果你說我是一隻野貓或雲豹
我是沒有定性的獸

如果你說我是一枚蝴蝶
我有一雙永遠不慵懶的翅膀

我用我的身體
仔細修補
破裂的天空

天空有不可更改的潔癖
當我發黑
就不宜再縫補天空裂縫

美白
是天空給予我的沉重功課

我行過烈焰的萬里晴空
飄過黃昏的彩霞
漫步輝煌的星座間
天空算不算是我的家

終有天空不容我的一天
當我黑成黑色眼眸時
我把全身化成眼淚
眼淚化成白色絲線
縫補為我離棄而臉皮龜裂的大地

這樣
大地算不算是我永恆的戀人

2015.09.21

短歌

夜
帶來復活奇蹟

我是塞不進現實的美人魚

秋風初起
我留一片花香在你掌紋

流下兩行詩句給你
冬天回憶

2015.09.24

難題

你忽熱忽冷
我不知道該怎麼穿衣服

2015.09.24

出牆

一朵花
翻過牆頭
和影子
搶奪春天的太陽

2015.09.24

玫瑰物語

我們都說
愛玫瑰

我想偷偷
偷偷多愛玫瑰一些些
卻不是花瓶對花的那種愛

其實
我們對玫瑰的愛
並無誰濃誰淡的問題
我們對玫瑰的思念
並無誰多誰少的爭議

你用相機
定格玫瑰的哀愁與美麗
抵抗終將褪色的記憶

我想成為玫瑰的梗
玫瑰的骨
支撐玫瑰笑容

豐腴的　消瘦的
艷麗的　蒼白的
全是玫瑰

跳舞的　恬靜的
著火的　冰霜的
無不是玫瑰

玫瑰有刺
曾挺身抵抗暴力
玫瑰的刺
也會不小心刺傷愛花人
因淌出的血而增色

花季過後
腦海不斷浮現玫瑰身影
耳畔隨時縈繞玫瑰歌聲
我呼吸玫瑰體味
我呢喃玫瑰私語

玫瑰玫瑰
玫瑰不曾消逝
玫瑰是比我更真實的存在

2015.09.26

氣球

請賜給我
一口一口
活下去的空氣

請賜給我
一口一口
飛上去的力氣

當祢用愛餵飽我身體
我就會快樂到乘風飛上青空
去看更壯的山更藍的海
以回應祢源源不絕的恩典

2015.09.27

微電影

第一次陪你出遠門
有旅行的心情

甩掉包鞋　換上高跟涼鞋
脫卸花苞　獻出夏季花瓣

第一次以這樣
陌生女子形象
即將現身你眼前

十隻腳趾像出籠的一群小鳥
即將飛向神祕天空
我心底卻藏有一股不可言喻的不安

約會車站
你終於迎面緩緩走來
我假裝不認識你
你卻彷彿真的不認識我

狐疑的眼神說：
女士，我們可曾見過？

我且將這
當作
一場邂逅的開場白

陪你出遠門
我攜帶一本空白日記本
想要典藏翻閱過的天空
但誰也不知道
白紙上會不會出現彩虹

第一次陪你出遠門
像寫出人生中第一首詩
不知道
下一首詩什麼時候才會誕生

2015.09.28

台南樹屋

牆
是一面
不受矚目
樸素低調的
屏風
遮擋偷窺的眼睛
抵擋愛情

原在牆外
站衛兵的榕樹
以溫柔手指的氣根
日穿夜鑽
成為一棵
穿牆樹

氣根
是牆的血管
牆的神經

使死寂的牆
冷感的牆
產生另類的活命

氣根
撐起愛的血肉
無孔不入
宣示愛的主權

廢墟的牆
換成一張原住民臉譜
以愛紋面

當你對我說
愛
或者隱藏愛意時
你的愛
有像榕樹頑強？

2015.10.03

台南印象

偶來的風
使細腰的草
對陌生人點頭　揮手
像台南街道遇到的
無數苗條女人或男人

夾道綠樹繁花
用台灣話對陌生人說歡迎你
紅牆古瓦老建築
傾訴
歷史滄桑

不再帶有戰火煙硝味
億載金城砲聲
是迎賓禮炮

一起走過台灣第一條街道
用陽光曬長的耳朵

我們聽到安平古堡同一朵花
開的聲音

多少年來
誰在我心中反覆播放安平追想曲
當我站在故事原點
卻已追尋不到身穿花紅長洋裝
風吹金髮思情郎的女郎

我們搭乘同一部車
車窗流動的
風景
像一去不回的人生劇情

時間在我們凝視中
飛逝
時間一路不斷拋棄
眼睛還捨不得的風景

我捨不得的風景
希望也觸動你的心

日出之前
我的夢中
不斷波動
七股潟湖的
波光舞影

2015.10.07

同學會

參加小學同學會
比近鄉更加情怯

多年不見
時間已經把我們雕刻成
彼此的陌生人

看著名牌
比對記憶中一張張童稚的臉
比對懷念中一張張老師俊美的臉

用童年往事開場
有許多糗事
是別人幫自己記住
有許多荒唐事
是自己幫別人記得

小時候立志當車掌的
變成老闆娘
小時候立志不婚的
還繼續堅持孤獨

幾杯紅酒下肚
催出故事現在進行式

阿娟說他的故事
比大肚溪長
比眼淚短

小珍說她的悲嘆
比秋風深

小屏說她的劇情
用盡我一千零一夜也書寫不完

我說
親愛的同學
雖然美人魚比白雪公主感動人
但我還是想改寫妳現實人生劇本
期待下一次同學會
妳人生的故事已經大翻盤

當我們同在一起
的歌聲
悠悠響起
我們又像甜甜湯圓黏在一起

童年原來像故鄉
是永恆鄉愁的原鄉

2015.10.08

來不及

總是
春天還未來到
就有一些來不及盛開的花
被突來人雪覆蓋

總是
秋天還沒報到
就有一些年輕葉子
被暴風摘落

在我記憶中
你們永遠是十歲
掛著兩行鼻涕
斜背書包的小不點

以前
我無知到以為會擁有數不盡的日出
不知道有些別離會降臨身上

早知你們會提早在人生舞台謝幕
我們的同學會是不是該早早舉行
但是
上帝的旨意誰能預測

或許
我只是一隻擁抱自我的毛毛蟲
而你們
已是羽化春風中自由嬉戲的蝴蝶

在這寂靜中秋夜
我在心中默念你們的名
再會吧　親愛的同學

明天
不知會不會有東升太陽
我珍藏今天對你的記憶

2015.10.08

日月潭

不見輪番燃燒日夜的日與月
繆斯化身柔情萬縷細雨
輕拍日月潭
富有彈性的肌膚

時間暫時擱淺在
邵族的歌聲裡
燈塔的靜默裡
白鹿的睡夢裡

坐上小船
透過秋雨珠簾
詩人一隻眼睛追索日潭
一隻眼睛掃描月潭

茫茫水域
浮動朦朦朧朧詩意

待要寫下
早已隨雨絲潛入茫茫潭底

前是水　　後是水
左右都是水
眼睛暢飲日月兩潭綠酒
浮島上野薑花也是酒徒

等不及被追獵
一路深情相送的山嵐
悄悄飄進詩句
偷偷捲進恍惚的夢裡

2015.10.08

囚牢

微風拂開眼瞼
薔薇也想走出花園
曬曬初春太陽

問題被拋出後
最害怕被唯一
正確的答案
鎖入死牢

海是魚的子宮
當魚在夢中
看到天空的翅膀
魚開始學習老鷹振翅

岸是海的容器
聚水成為綠玫瑰
當水花祈禱成為山寺
紅玫瑰臉龐的一顆淚滴
岸成為水的遺憾

天空是星星原鄉
當星星不願釘成星座拼圖
只想墜為流星
成全少女許願時
天空是星星的囚牢

星星是天空眨不停的眼睛
地上的眼睛總是逃不過
星空神話的羅網

恨意無限擴張
籠罩愛的時候
恨成為愛的囚牢

愛從心中蔓延
緊緊包圍恨的時候
愛壯大成為恨的囚牢

2015.10.10

蜜蜂

在愛與情之間
　　　更換花
　　　蜜的冂味

在花與花之間
　　　縮短愛
　　　的距離

在愛與不愛間
　　　有沒有
　　　一絲猶豫

　　　　　　　　　　2015.10.10

聽布農族八部合音
——祈禱小米豐收歌

飛瀑敲醒幽谷
蜂群鑽入枯木體腔共鳴
群鳥在結穗的小米田中拍響翅膀

階梯般的歌聲　　飄出春雨
階梯般的合音　　透出暖陽
階梯般的祈禱　　上達天堂

我是被催眠的一粒小米種子
在天籟的八部合音中
漸漸地
我伸出翅膀般的雙葉
迎向布農族的天空

2015.10.13

草

小草從黑牢伸出綠手
求遲來的春天
別走

2015.10.14

台南美食

用濃郁人情提味
台南美食口味偏甜

早餐先來一碗牛肉湯開胃
再用粽子暖腸
幸福滋味自舌尖蔓延

台南人習慣排長長隊伍
一起為在地美食認證
阿堂鹹粥　　阿明豬心
讓智利鐵漢路易斯都不禁想要長住
古都人好幸福

晚餐到老店度小月
不能不細細品嘗招牌擔仔麵
鮮美湯頭沸騰海味
舌頭忙著掀起幸福的浪花

古早味伴手禮
散發麻油濃香的椪餅
聽說是往昔產婦的月子餐
古都人的生活有摻入黑糖的幸福

還有落成米糕
意麵　豆花　四季水果
意外的府城過客
有難以選擇的幸福

2015.10.14

我是

你
看不見我
聞不出我
觸摸不著我
感覺不到我

我是
還沒有蛻變的蝴蝶
還沒有綻開的蓓蕾
白夜的星宿
正在醞釀的春雷

趁我
還沒有
火山爆發的時候
請你趕快
趕快認識我

我將是你
倒影中的水仙
腳下的步道
腳前的深淵
十四行詩的第十四行

2015.10.16

眼見

左目
特寫似晚霞的玫瑰

右目
蔓延似玫瑰的晚霞

兩目
各具我遠遠不及的雄辯力

我該
相信誰

2015.10.18

不一樣

明明每天上學都要路過
台北市的總統府
卻有某大教授糾正他說
我國首都在南京

農人只想老老實實栽種收穫
養活自己也養活眾生
建商卻說如此白白浪費一片良田
良田當用來生產新台幣和黃金
不是拿來製造貧窮
建商一旦變賤商
使糧民收禍良多

當一個便當都快買不起的時候
有人卻教導你說
一個便當吃不飽不會吃兩個
你感覺被外星球打到頭

有人是水中一條魚
卻常裝溺水
讓不會游泳的人跳水拯救他

有人垂目高坐
選票打造的人間廟堂
感覺自己是神
神永遠不會有錯
就算有錯也是被騙的選民的錯

有人活在和我們不同的時空
有錢人的想法和我們不一樣
有的馬不吃草
有的人流黑色的眼淚
有人看似五臟俱全卻心黑

2015.10.19

風箏

風啊
請把我帶到峰頂
用雲的眼光看風景

請吹我到海上
用落日的單眼看時間

請把我送上彩虹
用上帝的高度看作品

請把我輕輕釋放
讓我用谷底的角度看人間

2015.10.27

思戀

小蝸牛
沿著樹幹一步一步匍匐向參天的樹梢
朝聖

為了昨天呼吸到的
一縷花香

2015.11.09

魚
——To curlcocofish Lee

妳是粉紅粉紅的魚
擁有一條快樂的尾巴
哼著歡快爵士
每一個轉彎
不是遇見樂園就是進入天堂

游不上藍天
拍不到雲浪
背負一身藍色肌膚
拖著一條過重尾巴
唱著不成調的香頌
我是一條懊惱不已的魚

有時妳游到我身旁
邀我共游妳的風景
想為我固執的藍色
滲透些許放鬆的色彩

我卻總是笨頭笨尾
不是撞到就是擱淺暗礁

或許我的泳技也沒那麼差
我唯一致命的是
移不開老是凝視天空的眼睛

2015.11.09

曼陀羅 1

面對空白圖畫紙
我跌入另一個黑洞

在老師體貼引導下
我抓起蠟筆
咬住圓心鑿出黑洞

我預備用化不開的黑色
塗滿整個圓面積
像失血太陽
或黑色滿月

一個卡在狹洞的夢
只留一絲微光
給死也摸不著的洞口

當黑色素擴張
成為十元硬幣大小

我恍惚瞥見
一隻正在呼吸的金龜子輪廓

金龜子活在我孤寂童年
現在我必須給予牠
搖籃般相思樹

在我召喚下
樹幹逐漸伸出粗壯雙臂
貼身護持金龜子
且豎起讚許的翠玉手指

原本預留的微光蔓延
成為無所不在的空氣
光
帶來祈禱能量

真實的夢境
被現實的夢想
翻轉
成為一幅意外的畫

究竟
現實倒映夢境
或者夢境倒映現實？

2015.11.09

曼陀羅 2

畫夢境的曼陀羅課
有人說他從不做夢
有人做著醒不過來的夢
有人做著不願醒來的夢
有人做著莊子的夢
有人做著蝴蝶春夢

無夢的人為人畫下夢境
在無路可走處
給予
柳暗花明又一春

反覆惡夢的人
羨慕從不做夢的人
從不做夢的人
羨慕做美夢的人
做美夢的人
遺憾美夢終究要醒過來

畫出毒蛇
釋放恐懼
畫下情人夢
成為一生的詩篇
為他人畫下難忘的夢
彌補自己無夢的缺憾

夢
是現實的一面凹凸鏡
宣稱無夢的人
必定也在清醒地作夢吧

2015.11.09

貓頭鷹

我隱身山邊巢穴
一開窗就迎見台北101
高高竹節底部
隱藏一隻貓頭鷹

和所有野地貓頭鷹一樣
夜來睜開一雙
圓滾滾鑽石眼
貓頭鷹具有全身保護色
唯獨疏忽高調的眼睛

黑色夜
藏匿我失眠的黑色眼睛
安全感是基本需求

我像不動聲色的獵人
但面對貓頭鷹
那雙極盡挑逗的眼睛

我恍惚變成
一隻主動獻身的祭物

2015.11.09

本來無一物

一棵灌木
在你心中禪坐
忽然爆出淡紫髮夾般花朵

一棵喬木
在我心中禪坐
忽然冒出青春痘般果實

你正在我的樹下禪坐
我心是你唯一的經

你將為我開出甚麼樣的花
最終又會結出甚麼樣的果

2015.11.15

海岸

你雙手
圈成我身體的岸
我情感的海洋掀起一片暗潮
浪花不斷淹沒我不斷奔向堅實海岸

你用文字歌頌不願消退的海洋
你的字和我的字
連結成為鎖鏈般曲折海岸

多少年後
可能乾涸成為陸地的海洋
將在飽含氧氣詩句中
永恆地呼吸
和詠嘆

2015.11.16

等妳來喝咖啡
——給佩佩

想念久違的妳
瀑布般笑聲

我和鈴琇、淑如趕到醫院探望妳
多年來離不掉的丈夫
日夜守護妳呼吸

摘掉卵巢的妳哽咽地說：
人家躲都來不及了
我老公卻偷偷親我還說我好美
沒拿過掃把的兒子
在家獨力完成比我規定還多一件的家事
同事都說我一生病家人都回來了
……

丈夫偷偷吻妳的臉
想必也把妳臉上淚水吻乾
婚前丈夫曾在醫院照顧車禍的妳
往事重演兩人找回當年戀愛的風景

不擅肢體語言的我們
給妳長年來第一個大大擁抱

擁抱是最天然的高蛋白
支撐妳熬過化療煎熬
親情是至好良藥
幫助妳對抗癌細胞

不嗜咖啡的我
以前總陪妳喝妳帶來的咖啡
一邊聆聽妳熱烈描繪願景

今後我座位旁
將永遠保留一張椅子
我們等候妳來喝咖啡
分享待續的故事

2015.11.23

編織一個故事

戲唱不下去的時候
就編織一個故事

故事少了一條神經的時候
就掰一個笑話

笑話引不起共鳴的時候
就扮一個鬼臉

像小丑擠出一抹微笑
給沒有公主等待你吻醒的人間

綠葉長不下去的時候
就用心綻開紅花

紅花開不下去的時候
就賣力結出夕陽般果實

貯藏陽光的果實
懸在無人看風景的白色冬天

甜蜜的果汁
獻給鹹味人生

2015.11.24

開門

春天為夏天開門
冬天為春天開門
春天用粉紅掌風
推開妳的閨門

自由為戀愛開心門
戀愛為婚姻開大門
自由站在鐵門外
等著看婚姻
會為誰開門

不用我喊芝麻
你已自動為我敞開門
鋪紅了滿徑玫瑰花瓣
但我不知道進門會不會有怪獸
不知道我該不該冒這險

有時候我也有
為你開門的衝動
但單人房塞入雙人
不知道我還會不會有空氣

至今猶豫和不決
仍矗立成為我的兩尊門神

2015.11.25

化蝶

毛毛蟲
捨棄五公分軀體
獲得一整片天空

2015.12.18

心晴

烏雲
在海面漂洗
一件髒髒灰灰棉布衫

豔陽
在海面晾曬
一條藍到發紫絲質蓬蓬裙

你只管洗衣
不管陰
或晴

我負責晾曬
心情
不得不看天空
陰晴不定臉色

天空剛哭完
擰掉心中最後一滴
多餘淚滴

喔
我心愛的
太陽

2015.12.20

對面的女孩

對面的女孩
迎面走過來
走過來
像玫瑰走過來
像黑貓走過來
像瓶中信走過來

對面的女孩
擦身走過去
走過去
風一般飄去
霧一般散去
夢一般逝去

在思念的天空下
對面的女孩迎面走過來
走過來
像玫瑰一樣走過來

像黑貓一樣走過來
像瓶中信一樣走過來

對面的女孩
……………………………
……………………………
……………………………

2015.12.20

子曰

六歲小男孩
仰望媽媽
的臉說．妳好漂亮

媽媽說：我不敢相信

小男孩說：
是真的
妳死掉以後
我會把妳弄成木乃伊的樣子
還會做成雕像
展示妳的漂亮

2015.12.22

深秋

秋天體溫
在夏天和冬天之間
搖擺

密林
伸出千萬隻楓葉手
依然抓不住秋天的裙襬

杏樹
獻出多少顆銀色愛心告白
也捕捉不到風的節拍

太多隻手太多顆愛心
秋天不知
該為誰停泊

卻盲從
一隻無心風箏
野性的呼喚

2015.12.28

高樓

一棟一棟大樓
長出一個一個新社區
一個一個社區
長出一個一個新市鎮

填土造地
大樓從地平線
繁殖到山地

劍一般刺向雲端
高樓徒有歌德教堂姿勢
卻無教堂靈魂

取得身分證
高樓黃金切割
成大小不等坪數
等待屋主
或屋奴入住

高樓設置隱形門檻
有些樓窗分割藍色天空
有些陽台垂釣金黃海角
有些高層的手摘得到星星
不同樓層呼吸不等價空氣

秋風中
無力購屋者
埋在大樓林立陰影下
羨慕免費入住蚊子

擁有相對不朽軀殼
不動如山個性
高樓遠比人有本錢擁有一個
　　　　　　永久地址

2015.12.30

含笑詩叢10　PG1728

 不確定的風景
　　　——陳秀珍詩集

作　　者	陳秀珍
責任編輯	林昕平
圖文排版	周妤靜
封面設計	王嵩賀

出版策劃	釀出版
製作發行	秀威資訊科技股份有限公司
	114 台北市內湖區瑞光路76巷65號1樓
	電話：+886-2-2796-3638　傳真：+886-2-2796-1377
	服務信箱：service@showwe.com.tw
	http://www.showwe.com.tw
郵政劃撥	19563868　戶名：秀威資訊科技股份有限公司
展售門市	國家書店【松江門市】
	104 台北市中山區松江路209號1樓
	電話：+886-2-2518-0207　傳真：+886-2-2518-0778
網路訂購	秀威網路書店：http://www.bodbooks.com.tw
	國家網路書店：http://www.govbooks.com.tw
法律顧問	毛國樑　律師
總 經 銷	聯合發行股份有限公司
	231新北市新店區寶橋路235巷6弄6號4F
	電話：+886-2-2917-8022　傳真：+886-2-2915-6275

| 出版日期 | 2017年2月　BOD一版 |
| 定　　價 | 280元 |

國家圖書館出版品預行編目

不確定的風景：陳秀珍詩集 / 陳秀珍著. -- 一版.
　-- 臺北市：釀出版, 2017.02
　　面；　公分. -- (含笑詩叢；10)
　BOD版
　ISBN 978-986-445-179-1(平裝)

851.486　　　　　　　　　　　105024759

讀 者 回 函 卡

感謝您購買本書，為提升服務品質，請填妥以下資料，將讀者回函卡直接寄回或傳真本公司，收到您的寶貴意兒後，我們會收藏記錄及檢討，謝謝！如您需要了解本公司最新出版書目、購書優惠或企劃活動，歡迎您上網查詢或下載相關資料：http:// www.showwe.com.tw

您購買的書名：_____

出生日期：_____年_____月_____日

學歷：□高中 (含) 以下　　□大專　　□研究所 (含) 以上

職業：□製造業　□金融業　□資訊業　□軍警　□傳播業　□自由業
　　　□服務業　□公務員　□教職　　□學生　□家管　　□其它____

購書地點：□網路書店　□實體書店　□書展　□郵購　□贈閱　□其他

您從何得知本書的消息？

　□網路書店　□實體書店　□網路搜尋　□電子報　□書訊　□雜誌

　□傳播媒體　□親友推薦　□網站推薦　□部落格　□其他_____

您對本書的評價：（請填代號　1.非常滿意　2.滿意　3.尚可　4.再改進）

　封面設計____　版面編排____　內容____　文／譯筆____　價格____

讀完書後您覺得：

　□很有收穫　□有收穫　□收穫不多　□沒收穫

對我們的建議：_____

_____

_____

_____

11466
台北市內湖區瑞光路 76 巷 65 號 1 樓

秀威資訊科技股份有限公司　　　收

BOD 數位出版事業部

....

（請沿線對折寄回，謝謝！）

姓　　名：＿＿＿＿＿＿＿＿　年齡：＿＿＿　性別：□女　□男

郵遞區號：□□□□□

地　　址：＿＿＿＿＿＿＿＿＿＿＿＿＿＿＿＿＿＿＿＿

聯絡電話：(日) ＿＿＿＿＿＿＿＿＿　(夜) ＿＿＿＿＿＿＿＿＿

E-mail：＿＿＿＿＿＿＿＿＿＿＿＿＿＿＿＿＿＿＿＿